DISCOURS

SUR

LES DERNIÈRES ANNÉES D'ÉCOLE,

PRONONCÉ

A LA DISTRIBUTION SOLENNELLE DES PRIX

DE L'ÉCOLE DE SORÈZE,

Le 7 Août 1861 ;

En présence du R. P. LACORDAIRE,

Directeur de l'École ;

Par le R. P. MOUREY, du Tiers-ordre enseignant,

Sous-Directeur.

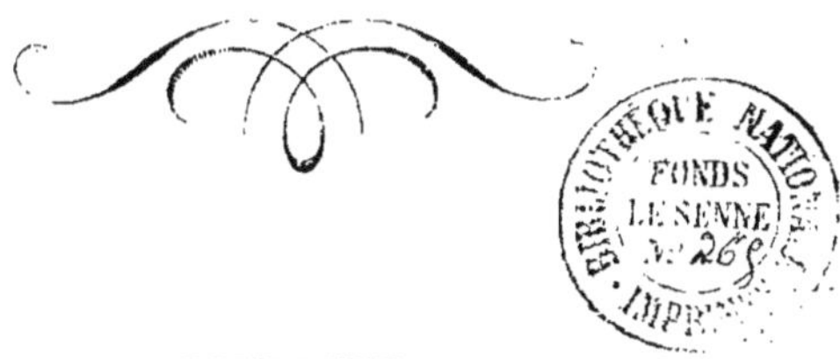

TOULOUSE,

IMPRIMERIE DE CHARLES DOULADOURE,

rue Saint-Rome, 29.

1861.

En élevant la voix dans cette enceinte accoutumée
à retentir d'une tout autre parole, ma première émo-
tion est un sentiment de regret en face de ce Père
vénéré qui n'a pu, malgré la jeunesse et les désirs de
son cœur, nous apporter aujourd'hui d'autre consolation que celle de sa présence. Ah! puisse-t-il bientôt
nous être rendu tout entier! Mais en attendant qu'il
reprenne ici le cours de ces éloquentes leçons qui fai-
saient de Sorèze la tribune de l'enseignement libre,
et transformaient chaque année cette salle des Arts en
une Académie où nous l'écoutions, heureux et fiers
d'un tel maître, en attendant ce jour que tout nous
présage, vous ne m'en voudrez pas de remplir un

devoir de piété filiale en lui épargnant une fatigue, et vous m'accueillerez avec votre bienveillance et votre affection accoutumées, si je me fais l'écho de ses pensées pour vous entretenir, comme toujours, de vos enfants.

Je voudrais vous parler de l'éducation à donner aux jeunes gens durant leurs dernières années d'École, c'est-à-dire, de seize à vingt ans.

Seize ans, c'est l'âge où la virilité se dessine, l'âge où le père se rapproche de son fils pour en faire son confident, son ami, l'âge où la mère s'en écarte afin de se réserver peut-être pour d'autres confidences; seize ans, c'est l'âge où la vie se développe et fermente en toutes les fibres du corps et de l'âme, où le jeune homme a besoin d'expansion, de lumière et d'appui pour se reconnaître lui-même et se diriger; c'est l'âge qui domine l'existence et, nous l'avouons, celui qui nous émeut, nous attire et nous retient davantage : l'enfance a disparu avec ses linéaments obscurs, une physionomie apparaît au dedans comme au dehors, des passions, des jugements, des tendances, quelque chose de net, de personnel, d'arrêté, qu'on peut observer et définir, et tout cela mélangé d'un certain trouble qui ajoute à l'inquiétude et aussi à l'intérêt. Oui, je le répète, cet âge nous émeut, nous sollicite, nous transporte, et nous donnerions volontiers toute une année de plaisirs pour un quart d'heure de causerie intime avec un de nos jeunes gens, notre main dans sa main, son âme dans la nôtre.

Et que faisons-nous donc alors pour suppléer aux soins du père, à l'absence de la mère, pour répondre à l'avenir et contenter nos propres inclinations ? Ce que nous faisons, ou plutôt ce que nous voudrions faire, ce sont des hommes. Or, nous n'avons pas d'autre méthode pour y parvenir que de traiter les enfants en hommes.

Que cette hardiesse ne vous effraie point ; il est naturel aux pères de devancer les ans et de regarder dans leurs fils plutôt ce qu'ils seront un jour que ce qu'ils sont aujourd'hui : de là sans doute bien des confiances téméraires et des libertés prématurées, nous le leur reprochons parfois. Une mère, au contraire, voit longtemps encore l'enfant dans le jeune homme qu'elle voudrait retenir sur ses genoux, et il est vrai de dire qu'en les exhortant à desserrer un peu leurs bras, nous devons reconnaître que le souvenir de la veille les aide beaucoup à juger mieux du jour et du lendemain : tout est progrès, mais tout est lent dans la nature. Pour nous, peut-être verrez-vous qu'en revêtant sitôt vos fils de la toge virile, nous avons concilié tous les intérêts dans un juste tempérament, et uni je ne dirais pas le cœur, mais les prudentes hésitations de la mère à l'impatience du père souvent heureuse et féconde. Entrons dans le développement.

Religioni : c'est le premier mot de notre devise ; l'homme à former d'abord, c'est l'homme religieux. Une religion constante , une pratique élevée , un christianisme libéral, voilà notre but ; la liberté, l'instruction, l'exemple et la grâce, voilà nos moyens ; l'Evangile en connaît-il d'autres ?

Suivons du regard les jeunes gens au sortir des Écoles : les uns dépouillent au seuil même, avec les insignes du Collége, une religion qui faisait partie de la règle et n'existait qu'à l'entour d'eux ; d'autres, en conservant des habitudes pieuses, enferment leur religion dans ces pratiques mêmes, et s'inspirent dans le détail de leur vie d'un esprit étranger à leurs croyances, catholiques à la Messe, musulmans dans les affaires ; d'autres enfin se trompent sur l'esprit même de la religion, la croient hostile à tout ce qui ne lui fut pas ami ou contemporain, et s'isolant de la marche de l'humanité, jettent à tout ce qui les environne un anathème que tout leur renvoie : hommes sans écho sympathique dans le présent ni dans l'avenir, auteurs d'un christianisme odieux aux autres, difficile à eux mêmes, et réduits pour s'expliquer le spectacle de leur époque à prophétiser la fin du monde au moment même où le monde entier se renouvelle. Voilà l'état d'une foule de jeunes hommes au point de vue chrétien.

Que feront les nôtres ? Dieu seul le sait. Mais qu'ils puissent oublier jamais leur baptême, nous nous refusons à le croire ; bien plus, nous serions attristés de les voir réduire leur culte à une vertu particulière dont l'influence ne pénétrerait point toute leur vie ; que dis-je ? Nous ne voudrions même pas qu'ils se fissent aimer du ciel en provoquant ici-bas une haine inutile autant que préjudiciable.

Qu'ils soient libres dès aujourd'hui, pour emporter plus tard la religion dans leur cœur comme la plus profonde et la plus spontanée de leurs habitudes : à nous d'éclairer par l'instruction, de diriger cette liberté comme les autres ; à nous surtout de substituer insensiblement des convictions qui restent à la sentimentalité pieuse du jeune âge, à des impressions qui fuient et qui trompent. Qu'ils soient habitués ici même à faire du christianisme, non pas seulement la source de leurs joies les plus pures, mais encore la règle de leur conduite et publique et privée : à nous de leur en donner l'exemple par le spectacle de cette vie religieuse dont l'Évangile inspire chaque mouvement, et la force par l'effusion d'une charité qui les anime et les absorbe. Qu'on leur apprenne enfin à ne voir dans la vie et les idées politiques qu'une application particulière des vertus de justice et de charité, pour qu'ils marchent ensuite à l'aise, l'œil ouvert et le front haut, au milieu de la civilisation qui les entoure, applaudissant à ce qu'elle a de bon, s'efforçant d'amoindrir ses défauts, sans malédiction pour son origine, sans désespoir à la vue de ses écarts, estimant que dès le commencement Dieu est le père de tous, et qu'il a créé de tout temps le pouvoir comme une condition d'ordre, une source de bonheur, non point comme un châtiment, cherchant le droit des hommes dans le sein commun qui les a conçus, et le droit des nations dans le berceau toujours reconnaissable que Dieu leur a tracé, mettant au-dessus de tous les partis cette grande idée chrétienne de la liberté dans l'ordre, qui devient, du reste, la couleur sinon le caractère de tous les partis, et convaincus, comme nous le sommes tous, qu'on ne peut servir plus noblement Dieu et l'humanité qu'en rendant les hommes plus religieux et meilleurs, afin qu'ils deviennent plutôt dignes des honneurs et des charges de la liberté.

Voilà notre idéal : encore une fois nous prions Dieu de le bénir, et nous avons confiance pour le réaliser dans les prières des mères bien plus que dans nos efforts. Mais pourquoi craindre la liberté dans les choses de Dieu, même à cet âge, cette liberté surtout qui n'exclut pas le conseil, qui ne résiste pas à l'influence ; sans danger pour le présent, elle abonde en garanties pour l'avenir. Je ne sache pas que dans notre École elle ait enlevé à Dieu une seule âme ; nous croyons qu'elle lui en a donné beaucoup.

A voir l'empressement de nos Élèves dans les choses de Dieu, leur dignité modeste, leur franchise respectueuse et ce bon laisser-aller du cœur dans tous leurs rapports avec lui ; à voir la persévérance de nos anciens, et quel esprit chrétien pénètre ici la soumission et le travail, la littérature et les sciences, les œuvres de l'esprit comme les allures du caractère, on croit à la possibilité dans une École, on croit à l'efficacité surtout du programme que traçait pour les Sociétés dans un jour mémorable pour Sorèze une main chrétienne quoique protestante : une religion libre, une liberté pieuse (1) ; et l'on trouve son bon-

____

(1) M. Guizot. Réponse au R. P. Lacordaire.

heur à semer cette génération d'où jaillira peut-être le spectacle des vertus privées associées aux croyances et à la pratique religieuse comme des filles à leur mère.

Je laisse avec peine ce sujet ; l'éducation religieuse est notre vie, notre consolation, la part que nous n'abandonnerons jamais à personne, parce qu'elle fait la dignité, le bonheur, la force de vos enfants en même temps que l'objet de vos plus fermes désirs. Mais on ne peut pas tout dire, et d'ailleurs si la religion est le plus fort, c'est aussi le plus modeste des sentiments, celui qui agit le plus et se montre le moins.

Il s'agit de former en second lieu l'homme intelligent. Les études classiques ont épuré le goût du jeune homme, réglé son imagination, mûri son jugement ; le voilà même initié aux sciences qui ouvriront à son activité une carrière utile : est-ce tout ? Et si ce n'est pas tout, que reste-t-il à faire pour développer son esprit ?

N'est-ce point d'abord un fait regrettable, Messieurs, que la stérilité des études littéraires de l'école quand on en limite l'exercice aux sujets du domaine classique? On emporte de ces dix années comme un cadre brillant dont les lignes vont peu à peu s'effaçant et finissent bientôt par disparaitre, faute d'un sujet toujours vivant qui emploie le cadre et le conserve en le soutenant de son intérêt, comme celui-ci lui prête son lustre. Reconnaissons qu'il y a dans la littérature de l'école un fonds condamné à mourir, et dont la chute peut faire évanouir, en lui ôtant toute substance, jusqu'à la forme qui devait rester, si l'esprit initié de bonne heure à un ordre d'idées plus durables ne ressemble à ces toiles légères sur lesquelles une image ne passe pas sans laisser transparaître , au fur et à mesure qu'elle s'en va, un autre tableau qui remplace ainsi celui qui se perd en se fondant. A vingt ans, je dis mon dernier adieu à l'école, je m'en vais, le cœur ému, l'imagination colorée, la mémoire pleine de mille souvenirs heureux des orateurs, des poëtes, des historiens de la Grèce et de Rome : où retrouverai-je désormais des voix amies de l'antiquité qui m'en parlent ? Hélas ! les fictions, les souvenirs ont peu d'écho dans notre monde ; et si je n'ai eu soin de leur substituer déjà des connaissances plus sympathiques aux préoccupations du temps, si mon âme n'est pas exercée à faire jaillir d'elle-même, en leur prêtant l'harmonie et le coloris des anciens, la pensée de ce qui est, le chant du vrai, l'hymne de l'humanité avec ses soupirs, ses douleurs, ses triomphes, il est bien à craindre qu'au bout de deux ans d'oubli, il ne me reste de cet enthousiasme classique, qui n'aura pas attendu ce temps pour se réduire à une simple facilité de forme dénuée de substance, et comme à la vague réminiscence d'une musique lointaine à laquelle je ne savais plus quel thème adapter, il est bien à craindre, dis-je, qu'il ne m'en reste plus qu'une imagination sans poésie, un esprit sans idéal, un cœur sans feu, l'incompréhension de mon passé, le dédain pour une jeunesse ainsi perdue, ce qui reste la nuit, quand tout dormant dans la nature , la couleur, la lumière, les voix , les oiseaux de l'ombre y font leur matin.

Nous rêvons, je l'avoue, autre chose : une forma-
tion d'esprit dont les résultats persistent par l'habitude
de s'appliquer à des sujets d'un intérêt durable. Mais
ce sujet toujours vivant, où le trouver, comment l'in-
troduire ?

Ici la réponse devient plus délicate en même temps
que précise. A part toute autre considération, il y a
presque autant de prétention à parler de l'esprit qu'on
donne que de celui qu'on a.

Quoi qu'il en soit, ce sujet toujours actuel, ce fonds
conservateur des premières études, nous croyons ne
pouvoir le trouver nulle part en nos temps mieux à la por-
tée de tous que dans ces questions dites sociales, questions de philosophie, d'histoire, d'économie, de politique
générale enfin, mélange de réalités et de théories,
de conceptions abstraites et de faits palpables, hélas ! et
trop émouvants, où l'intelligence s'éveille, où le cœur
s'échauffe dans une lumière qui n'a rien de factice ni
de grossier, où toutes les facultés s'exercent et pren-
nent un cours qui les dirige à travers des pays habités
par nos semblables, où nous pouvons les entendre,
leur donner la main, les voir, les prendre avec nous
et avancer ensemble, en découvrant et en leur signalant sur tous les sommets du rivage, à chaque hau-
teur de l'art, de la politique, de la philosophie et de
l'histoire l'apparition de Dieu, et le prix incomparable,
l'indispensable nécessité de la vertu.

Qu'on dise après cela : Mais la propriété, mais les
fonctions, n'ont-elles pas de quoi tenir haut l'intelligence du jeune homme, et tirer tout le profit possible
de sa première culture ?

Hélas !

Eh bien , soit : nous acceptons le fait , vrai d'ailleurs en certaines circonstances ; mais ce qui suffit à la littérature pourrait ne pas suffire au devoir, si là comme partout les charges s'imposent d'après les revenus. Les fonctions et la propriété que sont-elles autre chose qu'une source d'influence en même temps que de prospérité, et quand elles n'enlèvent pas tout loisir, comment sauraient-elles soustraire à l'honneur, peut-être à l'obligation , de s'intéresser comme citoyen d'un pays libre à l'amélioration générale de la patrie ? Se tenir au courant des affaires publiques, apporter sa part de lumières dans les questions d'intérêt, de conscience dans celles de droit, le poids de son honorabilité partout ; honorer sa fortune par son intelligence et diriger par le conseil la contrée dans laquelle on domine par sa position : selon nous, voilà l'homme. Aux champs comme à l'armée, dans la magistrature comme dans l'industrie, il est noble, il est indispensable peut-être de s'élever parfois au delà du cercle étroit de ses propres affaires, de donner aux choses du pays cette part d'attention qu'on ne refuse jamais aux intérêts de la famille, et de respirer le matin ou le soir, à l'ombre de la tente ou d'un héritage paternel, dans le silence de son cabinet de travail enfin, ce grand air des affaires publiques, l'air natal de tout homme libre, cette température élevée des montagnes qui altèrera peut-être deux ou trois esprits en sauvant toujours mille caractères. Encore une fois, voilà l'homme , et les souvenirs de Sorèze ne permettaient pas un idéal plus restreint.

Je ne sais si les pères de nos enfants portent leur ambition moins haut, si l'on en trouverait beaucoup d'attristés le jour où ils verraient dans un songe prophétique leur postérité tout entière s'efforcer ainsi d'unir les honneurs de l'intelligence à ceux de la fortune ou du rang, chaque génération apporter tour à tour sa pierre à l'édifice, sa perle à l'écrin de famille, et puis un homme public se lever enfin quelque jour au sommet de cette race préparée, et couronner par la splendeur des services ou du génie le long travail des aïeux : je ne sais si cette vision apporterait moins d'allégresse au cœur du nouvel Abraham.

Ce que nous savons, ce que nous croyons tous, religieux, prêtres, hommes de l'enseignement chrétien, c'est que le culte du pays est imposé par Dieu comme une sorte de piété filiale, *pietas patrialis* (1), et que l'initiation aux intérêts de la patrie, si elle offre parfois un accès aux honneurs, souvent un remède contre l'épaississement de l'esprit, pèse toujours comme une volonté du ciel sur les élus de la richesse et du savoir, aujourd'hui les élus de la puissance, seuls sacrés, il semble, par le ciel pour régner désormais ; nous le croyons : et n'estimant pas qu'il y aurait gain pour le pays dans l'abdication de cette royauté pacifique des plus honnêtes citoyens, nous élevons, autant que la nature le permet, nous élevons tous nos enfants, fils de gentilshommes ou de bourgeois, comme des princes, empressés que nous sommes de les pré-

---

(1) Saint Thomas d'Aquin.

parer à leurs hautes destinées, heureux et fiers de n'avoir à leur refuser, à cet âge d'or de Sorèze, pas plus qu'à des Fils de France, ni l'éloquence vivante de Bossuet, ni le cœur de Fénelon.

Réunions de l'Athénée, foyer d'un patriotisme pacifique et d'une littérature sérieuse, pépinière d'orateurs, d'écrivains, au moins de bons esprits, c'est vous qui entretenez à Sorèze le goût de ces belles et grandes questions ! C'est là que, sans gêner la marche des classes, on apporte, chaque dimanche, au jeune aréopage ses pensées écrites sur un sujet de cette nature, objet d'abord d'une préparation profitable, puis de critiques souvent plus salutaires. Les lectures finies, un improvisateur novice monte à la tribune et donne ses conclusions sur une thèse indiquée d'avance : la lutte s'engage, la discussion s'échauffe, la vérité se fait jour avec vivacité tout à la fois et convenance : que d'heureuses témérités, que de lumières inattendues ! Ainsi l'on se forme à l'art patient des recherches, au goût des plaisirs et des travaux de l'esprit, à la hardiesse, à la précision, à la retenue dans la parole ; ainsi se corrigent les premières saillies de la jeunesse et se préviennent les excès d'esprit surpris plus tard dans une mêlée étrangère à leurs premiers exercices. J'ai vu ces joûtes de l'intelligence ; j'ai dirigé après un Maître illustre ces essais des plus nobles forces ; c'étaient là, je dois le dire, après les joies de l'intimité, les heures les plus douces de notre ministère, tant elles abondaient en espérances ; et plus d'une fois je me suis demandé quels étaient les plus heureux, du Père habile à se former si vite une telle génération, ou des fils qui reproduisaient si fortement déjà l'image de leur père?

J'arrive au dernier point de mon sujet : l'éducation du caractère, celui qui aurait dû passer le premier peut-être, selon le mot de M. de Maistre : « Que le décorateur ne parait qu'après que l'architecte a fini. » Mais ici les pensées s'élèvent et réclament presque un recueillement religieux.

Je suppose une École où la discipline, au lieu d'être seulement une lettre qui sévit, s'explique et se justifie aux yeux des élèves comme l'expression nécessaire d'une volonté raisonnable, et entre dans les esprits pour y produire un assentiment qui prévient toute aigre résistance, et qui donne naissance à des goûts d'ordre et d'exactitude en tout.

Je suppose des maîtres appliqués à leurs enfants comme une mère, cherchant à démêler de bonne heure dans leurs traits, dans leur histoire et jusque dans leur sang, quelles étincelles dorment encore au fond de ces âmes, et quel souffle pourra les éteindre ou les faire briller.

Je suppose, enfin, des jeunes gens affectueux, confiants par nature ou par raison. Malgré leur nombre, ils sont toujours trop rares; le cœur des enfants est le rafraîchissement des maîtres, comme celui des maîtres est le trésor des enfants; ils ne sauraient s'ouvrir trop tôt l'un à l'autre. Et d'ailleurs, l'amitié d'un religieux est pour un jeune homme comme un

sanctuaire ; il y entre, il y reviendra toute sa vie respirer le calme, l'élévation, la fraîcheur des grandes
basiliques.

Et tout cela supposé, un jour qui doit se renou-
veler durant trois ou quatre années, un jour le maître
et l'élève se rencontrent : ils sont seuls en présence
l'un de l'autre. Que vont-ils se dire ? Ah ! comment
lever ici ce voile délicat derrière lequel se cachent
tant d'intimités mystérieuses, tant de larmes parfois, souvent tant de bonheur ? Malheur au père qui
n'a jamais permis au cœur de ses fils de couler devant lui comme un fleuve qui s'épanche, ou qui ne
sait pas en élargir le flot par l'indulgence et la tendresse ! La confidence est la voie de l'éducation. Et
malheur aussi au confident peu discret dont l'âme ne
boirait pas ces mystères comme les sables du désert
dévorent les eaux qui vont s'y perdre ! La source de
la confiance est dans le secret. Autant donc qu'il est
permis de le dire : à ce moment opportun qui ajoute
à la parole ce qu'ajoute au diamant l'or qui l'enchâsse,
le maître révèle à l'enfant de son adoption sa confiance
et ses craintes, ses regrets et ses joies ; il lui dit avec
franchise et retenue quels défauts l'attristent, quelles
qualités le rassurent, le moyen longtemps rêvé de
réprimer les unes et de cultiver les autres.

Prêtre, il en appelle au ciel, à la croix, au taber-
nacle, à cette piété utile à tout, parce qu'elle a les
promesses du temps et de l'éternité. Religieux, il
initie cette jeune âme aux fortes joies de renoncement,
attire son regard sur des pages trop oubliées de l'É-

vangile , et lui fait respirer le parfum de l'humilité
qui rend seule aimable , et de l'austérité, mère de la
chasteté, de la vigueur. Oh ! que je plains l'institu-
teur et le père qui ne sauraient montrer à cet âge in-
certain ni Dieu ni l'Évangile, et que je plains aussi ces
chrétiens oublieux des forces vives du Christianisme
et de ses grands moyens d'éducation pour les indivi-
dus et les peuples, négligeant l'humilité, n'osant
parler de pénitence, comme si le monde avait jamais
connu d'autres remèdes contre les atteintes de l'égoïsme
et des sens, contre la barbarie en un mot ; comme
s'il y avait hardiesse à répéter avec l'Église d'autrefois
au fils des Sicambres : Courbe la tête, fier Sicambre :
adore ce que tu as brûlé, brûle ce que tu as adoré !
Qui le dira, soyez-en sûrs, ne trouvera ni la grâce
de Dieu ni la générosité de l'homme amoindries dans
les veines de notre génération. Hommes enfin en
même temps que religieux et prêtres, nous évoquons
ces grands sentiments que Dieu mit au cœur de l'humanité comme un appel sensible au bien , comme la
récompense et l'appât du sacrifice : l'idée de la beauté
morale, de l'honneur et du devoir, les prévisions
d'avenir , les sentiments de famille et d'amitié.

La famille et son culte entre les mains d'un bon
maître, c'est la verge de Moïse capable d'ouvrir le
rocher. Que de changements heureux, que d'efforts
on lui doit ! Combien de jeunes hommes que le sé-
rieux de la vie a saisis quand on leur a parlé d'une
position à soutenir, d'un nom à honorer ! Et combien
d'autres dont la rudesse et de plus effrayants défauts

peut-être tombent le jour où ils s'entendent dire :
« Ami, il y a au monde, entre ta mère et ta sœur,
entre tes aïeux et ta postérité, une frêle et douce
créature qui t'est destinée de Dieu ; cachée à tous les
regards, elle nourrit en silence la fidélité qu'elle te
promettra ; elle vit déjà pour toi qu'elle ignore, elle
t'immole ses penchants, elle se reproche tout ce qui
pourrait déplaire un jour au moindre de tes désirs :
Ah ! garde-lui ton cœur comme elle te garde le sien ;
ne lui apporte pas des ruines en échange de sa jeunesse ; et puisqu'elle se sacrifie pour toi par un amour
anticipé, fais à ce même amour, dans les replis de
tes passions, un juste et sanglant sacrifice (1). »

Après la famille, l'amitié, mais une amitié raisonnable dans son choix, pure dans son expansion. Pourquoi la proscririons-nous quand les parents la recher-
chent ? N'est-ce pas une consolation ménagée par Dieu
même, à l'éveil du cœur, et dans cet exil du berceau
de nos premières affections ? N'est-ce pas une brise
embaumée qui apporte au jeune homme les parfums
avant-coureurs des meilleures joies de la vie, et aussi
l'avant-goût de ses tristesses les plus amères ? Ne
peut-on pas la substituer parfois avec bonheur à des
passions moins généreuses, obtenir souvent par elle
d'héroïques vertus ? Apprend-on donc trop tôt à con-
naître, à gouverner son cœur ? L'amitié soutient,
l'amitié stimule ; elle exerce à faire du bien par le
conseil, la prière, l'exemple ; elle pousse au devoir

____

(1) Conférences de Notre-Dame de Paris, par le R. P. Lacordaire,
61e Confér.

par un sentiment d'honneur, de respect pour les siens, de sacrifice à leurs vœux ; elle initie aux charges de la solidarité, je dirais presque de la famille. « Mon ami, écrivait un de nos Élèves à son plus cher camarade, ton honneur est le mien comme mes succès seront toujours les tiens ; distinguons-nous l'un pour l'autre et l'un par l'autre aussi ; que la pensée de son ami soutienne chacun de nous ; rivalisons de courage pour rester ces vacances devant les hommes et devant Dieu dignes de notre famille et de notre amitié. »

Messieurs, n'est-ce pas là déjà l'homme ? Et c'est là Sorèze. Oui, c'est l'un et l'autre, grâces à ce génie, à ce cœur les mieux faits pour inaugurer quelque part l'alliance de la Religion et des Lettres, des plus mâles vertus et de la plus sainte tendresse.

S'il faut être *vous* pour réussir, il faut absolument une éducation publique, écrivait M. de Maistre à la Marquise de Costa contre les éducations privées. Peut-être aurait-on l'idée de retourner le mot contre Sorèze pour nous prédire, dans un avenir indéterminé, le retour fatal au niveau des éducations ordinaires ; mais non : ce sera toujours là Sorèze, nous pouvons le dire avec une humble reconnaissance des dons de Dieu sur nous, par l'effet de la docilité filiale et de la confiante énergie de ce dévouement religieux, qu'on ne saurait voir à l'œuvre sans reconnaître, non pas avec certains, qu'il est inutile, mais bien quelque chose de plus, grâces à Dieu ! qu'une simple utilité.

Messieurs, j'allais dire : chers Parents, tant sont

étroits les liens qui nous unissent, voici que Sorèze
passe aujourd'hui dans vos mains, car il est permis
de dire que chacun de vous en emporte sa part ; à
vous de le conserver, de l'agrandir. Ces vacances
peuvent altérer notre œuvre, comme elles peuvent la
féconder ; à vous, Mères et Sœurs, d'en écarter les
périls en remplissant de vous-mêmes, heureux devoir !
le cœur de ces enfants ; à vous, pères, d'en développer les avantages en signalant partout dans le monde
à ces regards avides d'expérience la grandeur d'une
religion sincère, d'une prospérité éclairée, d'un caractère noble et bien fait.

Pour nous, continuant de loin notre œuvre, nous
offrirons au ciel en leur faveur ces tristesses de l'absence qu'il nous faut bien goûter à notre tour, et nous
demanderons que tous nous rapportent avec la physionomie de Sorèze fidèlement conservée quelque chose
des vertus et de l'amabilité de leurs mères.